AF453475

UNIVERSITÉ DE FRANCE.

ACADÉMIE DE CAEN.

FACULTÉ DES LETTRES.

THÈSE DE LITTÉRATURE

POUR LE DOCTORAT.

UNIVERSITÉ DE FRANCE.

ACADÉMIE DE CAEN.

FACULTÉ DES LETTRES.

THÈSE DE LITTÉRATURE.

DE CE QUI CONSTITUE L'ÉLOQUENCE,

ET DE SES PRINCIPAUX CARACTÈRES DANS LES DIVERSES COMPOSITIONS LITTÉRAIRES.

Parmi les facultés dont la puissance divine a doué l'intelligence humaine, il en est quelques-unes qui semblent réservées, par une heureuse prérogative, à des hommes privilégiés ; la Providence a distribué à tous, avec une sage égalité, les dons utiles et nécessaires ; mais elle a été plus avare de ces présens qui embellissent et qui consolent la vie. Ainsi les grands génies, les poëtes, les peintres, les hommes éloquens n'ont paru sur la terre qu'à de longs intervalles.

Que si toutes les intelligences ne peuvent pas aspirer à des développemens égaux, une sorte de compensation nous est offerte dans la jouissance vivement sentie des productions de ces hommes supérieurs. Plus on s'y plaît, plus on a profité ; et quelquefois, en appréciant les modèles, on mérita de devenir modèle à son tour.

De tous ces présens de la Divinité, il n'en est pas qui ait eu sur les sociétés une influence plus marquée que l'Eloquence. Quelle est cette puissance mystérieuse, empreinte d'une supériorité irrésistible ; c'est ce que je me propose d'examiner. Je ne veux point ici considérer les différens systèmes des anciens et des modernes sur cette matière. Je cherche uniquement ce que c'est que l'Eloquence, sans m'occuper des hommes éloquens. Je me demande si l'Eloquence est, comme on l'a cru généralement, susceptible d'être définie ; si son domaine peut être restreint ; ou si, plutôt, elle n'a point ce caractère d'immensité et d'infini, que Cicéron cherchait en vain dans Démosthène lui-même.

La première question qui se présente, est celle-ci : Quest-ce que l'Eloquence ? En effet, comme l'a dit Cicéron, il faut toujours partir d'une définition qui établisse clairement l'objet de la discussion.

Les rhéteurs anciens n'ont vu l'Eloquence que dans les discours ; en la regardant avec raison comme un don naturel, ils ont généralement cru que c'était le talent de persuader, plaire et toucher. C'est à-peu-près ainsi qu'on peut résumer l'opinion de Quintilien, l'interprète le plus fidèle et le plus judicieux des sentimens de l'antiquité sur cette matière. Mais d'abord Quintilien, qui reconnaît que l'Eloquence vient du cœur, me semble tomber, avec les autres rhéteurs, dans une sorte de contradiction, en enseignant les moyens de persuader, plaire et toucher ; en d'autres termes, les moyens d'être éloquent. Vous persuaderez, disent-ils, par les argumens ; vous plairez par les mœurs ; vous toucherez par les passions. De manière qu'en distinguant, dans la théorie, l'Eloquence de la rhétorique, ils confondent presque l'une avec l'autre dans le développement de leurs préceptes ; tout en disant que l'Eloquence est un don naturel, ils accordent tant à l'art, qu'on voit peu ce qu'ils laissent à la nature.

Si l'on m'objecte que la rhétorique peut conduire jusqu'à imiter les effets de l'Eloquence, je répondrai, en expliquant l'idée que j'ai de la rhétorique. Elle n'est, à mon avis, que la collection des observations faites sur la manière dont les grands orateurs ont conçu leurs discours, en ont disposé les parties, en ont soigné l'élocution. Elle vous apprendra les moyens d'imiter ces heureuses conceptions des esprits supérieurs. Mais ici, elle doit s'arrêter ; et quand elle vous dit : remuez l'âme de vos auditeurs par le pathétique, elle ne fait que montrer son impuissance, en nous indiquant un but dont elle ne nous indique pas la route ; en nous le découvrant au - delà d'un abîme qu'elle ne saurait nous faire franchir. Il suit de là, qu'elle établit bien entre ses disciples et les hommes éloquens une espèce de ressemblance, mais qui se trouve tout entière dans la fidélité, plus ou moins grande, avec laquelle les premiers ont imité l'habile mécanisme des seconds, tandis que l'Eloquence est demeurée inimitable.

1°. L'Eloquence est-elle l'art de persuader ? Si cela est vrai, le Discours de Cicéron pour Marcellus n'est pas éloquent, puisque Cicéron, n'ayant rien à persuader, ne persuade pas. D'un autre côté, un avocat très-médiocre, qui aura gagné sa cause, sera éloquent, puisqu'il aura persuadé ses juges ; je crois donc que l'on peut être éloquent sans persuader, et que l'on peut persuader sans être éloquent.

2°. L'Eloquence est-elle l'art de plaire ? rien n'est plus vague que ce mot. Sans doute, l'Eloquence plaît ; mais s'en suit-il que ce qui plaît soit éloquent ? une belle statue, un beau site nous plaisent : et il n'y a point là d'Eloquence. Ensuite à qui

doit plaire l'orateur, pour être éloquent? à ceux auxquels il
adresse la parole? mais Cicéron ne plaisait point à Catilina;
Démosthène ne plaisait pas toujours aux Athéniens, lorsqu'il
leur reprochait avec tant de force leur molle insouciance. Dira-t-on
que l'orateur doit plaire à ses lecteurs? il est bien évident
qu'il ne songe qu'à l'assemblée qui l'écoute. Ainsi, tout ce qui
plaît n'est pas toujours éloquent; et tout ce qui est éloquent ne
plaît pas toujours.

5°. L'Eloquence est-elle l'art de toucher? alors les Philippiques
de Démosthène ne seront point éloquentes, car elles ne ren-
ferment rien de touchant. En général, Démosthène s'adresse peu
aux passions, comme je le dirai plus bas. Il parle au bon sens
et à la raison de ses auditeurs.

Mais elle est peut-être la réunion de ces trois moyens. J'ai
déjà montré que, s'il les faut réunir, ni Démosthène, ni Cicéron
ne seraient éloquens, au moins dans un grand nombre de leurs
Harangues, puisqu'ils ne réuniraient pas ces trois élémens de
l'Eloquence. Ainsi, soit qu'on les exige réunis, soit qu'on ne
demande que l'un des trois, il faudra refuser le mérite de l'E-
loquence à un grand nombre de discours, qui jusqu'ici en avaient
paru les modèles.

C'était une idée noble et philosophique, que celle qui unissait
inséparablement l'Eloquence à la vertu. L'antiquité féconde en
grandes pensées comme en grandes actions, avait aussi donné
le nom de vertu au courage, pour prévenir les écarts des
âmes courageuses. Ainsi Caton avait défini l'orateur : l'homme
de bien avec le talent de la parole. Mais il le voyait plutôt
tel qu'il doit être, que tel qu'il est. Dons précieux de la Divinité,
ni l'éloquence, ni le courage ne sont la vertu, puisqu'ils peuvent
se trouver hors de la vertu même. Il serait facile de le prouver
par bien des exemples. Mais il est évident que l'on ne peut
sérieusement faire entrer la vertu comme élément de l'Eloquence,

(7)

quand même tous les hommes éloquens auraient été vertueux.
Démade, Eschine, ces éloquens rivaux de Démosthène, ont
perdu la république d'Athènes.

J'ai dit plus haut, que les anciens rhéteurs confondaient,
dans le fait, la rhétorique avec l'éloquence; ce qui est visible,
surtout dans cette définition de Caton : *Orator vir bonus dicendi
peritus.* Quintilien l'adopte sans restriction, la développe et la
soutient longuement. Maintenant examinons la définition de la
rhétorique donnée par le même Quintilien : *Rhetorica est benè
dicendi scientia.* L'identité du sens et même des mots est parfaite.

Les modernes ont bien senti que l'Eloquence peut être ailleurs
que dans les discours. Cependant, dominés par l'imposante
autorité des anciens, ils n'ont guère compris dans leurs définitions que celles des discours. Néanmoins, malgré cette sorte
de contradiction, la critique a fait un pas.

Mais aussi, de ce défaut de précision dans les idées, est
résulté pour les définitions un caractère de vague et d'indéci-
sion ; elles ont été à la fois trop vastes, et trop restreintes ;
trop vastes, si elle ne veulent comprendre que l'Eloquence
des discours ; trop restreintes, en ce qu'elles ne comprennent
pas l'Eloquence des réflexions, des simples pensées.

Marmontel a défini l'Eloquence : la faculté d'agir sur les esprits et sur les âmes, par le moyen de la parole.

1°. Selon lui l'Eloquence est composée de deux élémens,
dont l'un agit sur l'esprit, l'autre sur l'âme. Elle n'est donc
pas simple. Je comprends qu'elle agisse sur l'âme ; mais je ne
puis distinguer cet autre élément qui s'adresse à l'esprit, en
d'autres termes, je ne puis me figurer qu'elle soit composée.
Or ce qui est simple, n'est pas susceptible d'analyse ; et ce
qui n'est pas susceptible d'analyse, ne saurait être défini.

2°. Qu'un homme vienne dire à des citoyens assemblés
sur une place publique : l'ennemi vient de débarquer sur les

côtes ; il marche contre la ville ; il agira sur les esprits et sur les âmes par le moyen de la parole ; sera-t-il éloquent ?

L'Eloquence , selon Blair , est l'art de parler de manière à atteindre le but pour lequel on parle ; il est impossible de s'en faire une idée plus pauvre ; ainsi toutes les fois que l'on mettra de la suite dans des idées qui ne seront point absurdes , on sera éloquent.

D'après Fénelon , c'est l'art de prouver , peindre et toucher. Cette définition est la même que celle de l'antiquité , à l'exception du mot significatif *peindre* , substitué au mot *plaire ,* qui est insignifiant.

Mais , bien que l'Eloquence peigne souvent , il est certain qu'elle ne peint pas toujours ; cette obligation de peindre est imposée bien plus spécialement à la poésie.

J'aurais pu citer beaucoup d'autres définitions ; mais elles rentrent toutes dans les précédentes. Cette multiplicité même prouve la difficulté de définir l'Eloquence après tant d'habiles critiques , qui me semblent y avoir échoué. Il suit encore , qu'en blâmant chacune de ces définitions , je suis loin de heurter l'opinion générale , puisqu'en attaquant séparément le sentiment de vingt critiques , qui auront défini l'Eloquence, j'en aurai toujours dix-neuf de mon avis.

J'ai signalé quelques vices particuliers des définitions précédentes ; j'en vais indiquer deux autres , dont le premier est commun à beaucoup de définitions, et dont le second me semble inhérent à toute définition possible.

1°. On ne peut définir l'Eloquence , sans l'apprécier par son résultat. Il suivrait de là , pour le discours, que deux orateurs , parlant dans un sens contraire , sur une même question , ne sauraient être tous deux éloquens. Mais , dira-t-on , s'ils n'ont pas produit le même résultat, ils ont parlé tous deux de manière à le produire, ils sont donc éloquens. Je demande

mande à mon tour , pourquoi, s'ils ont parlé tous deux devant les mêmes auditeurs , de manière à produire le même résultat , ils ne l'ont pas produit.

2°. Il me semble impossible de donner de l'Eloquence une définition , quelque vaste ou quelque restreinte qu'elle soit, sans que la réciproque soit fausse ; ainsi , lorsque je dis : l'homme est un animal raisonnable ; je puis dire également : tout ce qui est un animal raisonnable est homme ; que l'on renverse les définitions de l'Eloquence, que j'ai déjà citées , et toutes celles que l'on y substituera, et l'on reconnaîtra toujours que la réciproque, et par conséquent la définition , sont fausses.

Je suppose qu'en examinant l'impression que produit l'Eloquence sur l'âme, on reconnaisse qu'elle réveille en nous l'idée du beau moral, par le moyen de la parole : on sera porté à croire que l'on a défini l'Eloquence ; mais examinons la réciproque : tout ce qui réveille en nous l'idée du beau moral, par le moyen de la parole , est l'Eloquence. Cependant , si j'entends raconter un trait sublime de vertu ou de piété , l'idée du beau moral se réveillera vivement dans mon âme, sans l'intervention de l'Eloquence. La définition sera donc beaucoup trop vaste dans un sens , trop restreinte dans l'autre , en ce qu'elle ne comprendra pas une foule de passages éloquens , qui ne réveillent pas dans nos âmes l'idée du beau moral.

Pourquoi , dans les définitions de l'Eloquence , la réciproque se trouve-t-elle toujours fausse ? Il me semble qu'en voici la raison :

Il y a dans notre esprit , et j'entends par-là tout ce qui n'est pas *matière* en nous, il y a , dis-je , deux facultés , celle de sentir et celle de juger ; celle-ci n'admet que des vérités démontrées, ou que, du moins , elle regarde comme telles. Son action suppose un raisonnement, une comparaison ; l'autre ne raisonne , ni ne compare ; elle éprouve un sentiment , soit de peine , soit de plaisir ; elle le sent, elle ne le juge point , précisément parce qu'elle ne l'analyse pas. Celle-ci est incomparablement plus nécessaire à l'homme, et par conséquent donnée à tous dans un degré plus ou moins haut ; rien de ce qui s'adresse à l'autre ne peut influer sur le bonheur de l'humanité ; mais en mêmetemps, le jugement se trouvant étranger à tout ce qui affecte l'âme, ne saurait le représenter, parce qu'il ne saurait le saisir ; d'où il suit que l'âme se fait bien à elle-même une idée de tout ce qu'elle ressent ; mais que, ne pouvant, par aucun intermédiaire, communiquer ses impressions au jugement , elle ne laisse connaître à celui-ci que l'impuissance où il est de rien connaître et de rien définir. L'Eloquence part de l'âme, et s'adresse à l'âme. Elle échappe donc à toute définition , parce qu'elle échappe à la faculté qui définit.

J'ai dit plus haut , que l'Eloquence étant simple , n'est pas susceptible d'analyse, ni par conséquent de définition. Si l'on me demandait, comment, puisqu'elle échappe à l'analyse du jugement , je puis prononcer qu'elle est simple ; je répondrai que je ne le juge point, mais que je le reconnais par l'unité et la parfaite identité des impressions que l'Eloquence fait ressentir à mon âme , lorsqu'elle se manifeste sous les caractères les plus opposés. Je sens que l'impression est toujours une, toujours simple, qu'elle ne se compose pas de divers élémens ; et j'en conclus que la cause doit ressembler à l'effet, comme je conclus , quand l'image d'un arbre vient frapper mes yeux , que l'arbre est semblable à son image.

Pourquoi le jugement peut-il définir ? La raison en est simple ; définir , c'est borner. Le jugement définit , parce qu'il assigne des limites ; il assigne des limites, quand il voit le point de départ et le terme ; parce qu'il envisage, si je puis m'exprimer ainsi, la circonférence tout entière de l'objet sur lequel il s'exerce.

Voilà pourquoi il définira la physique, la chimie, la philoso-
phie, parce qu'il voit le but et la direction de toutes ces
sciences ; il les limite, en ce que, les appréciant avec exacti-
tude, il défend à chacune d'elles d'envahir le domaine de
l'autre.

D'après ces principes, il est clair qu'il existe une infinité de
choses que l'on ne définit pas ; qu'il est aussi impossible d'en
donner la moindre idée à ceux qui n'ont pas la capacité de
sentir, qu'il est impossible de donner à un aveugle l'idée des
couleurs. Tout ce qui peut être défini, peut être atteint, par
cela même qu'il a des limites ; aussi l'on enseigne la géométrie,
la physique, on n'enseigne pas l'Eloquence. Vainement alors on
essaierait de définir l'esprit, la beauté, la grâce *plus belle encore
que la beauté* ; nous les sentons, comme un aveugle peut sentir
la douce chaleur du feu. Mais leur essence est pour nous un
problème, dont la solution n'est qu'en Dieu. On peut appliquer
à l'Eloquence ce que Pascal disait de la nature : c'est une
sphère infinie dont le centre est partout, la circonférence nulle
part.

Je viens d'examiner ce que l'Eloquence n'est pas ; voyons
maintenant par quels caractères elle se manifeste. On sent bien
que je n'ai pas la prétention d'indiquer ici quels sont les caractères auxquels tout le monde la doit infailliblement reconnaître ;
je me contredirais moi-même. Tous les hommes ne sont pas
disposés pour la sentir ; et l'on n'établira jamais une théorie
qui puisse suppléer à l'imperfection de la nature.

Et d'abord, si nous venons à réfléchir sur l'impression que
nous fait éprouver un passage éloquent, nous reconnaîtrons
qu'elle ne se confond pas avec celle que nous ressentirons, à la
lecture d'un morceau judicieux ou écrit avec goût. Quelle sera
la différence de nos sensations ? Dans le premier cas, notre âme
sera émue ; le second la laissera froide.

Le même passage fera la même impression sur toutes les âmes, qui sont, à un égal degré, capables de sentir l'Eloquence. C'est que l'Eloquence s'adresse à l'âme, qui est la même chez tous les hommes ; tandis que le goût, par exemple, se soumet à l'analyse du jugement, qui est éminemment variable. Nul doute qu'il n'y ait un goût, qui soit le véritable ; mais est-ce le goût français, anglais, ou allemand ? et même chez chacun de ces peuples, quelle prodigieuse différence dans le goût de chaque individu ! Il n'en est pas de même de l'Eloquence ; ce qui est éloquent à Londres, l'est à Paris, comme à Vienne.

Cependant, bien qu'il soit vrai de dire que toutes les âmes, capables, à un égal degré, de sentir l'Eloquence, recevront du même passage la même impression ; il est également vrai que tous n'apercevront pas l'Eloquence dans un endroit éloquent ; en voici la raison : ce n'est point le jugement qui sent l'Eloquence ; mais il est comme l'organe qui la transmet à l'âme ; ainsi le corps, qui ne sent pas, transmet les sensations à l'âme, qui seule les apprécie. Plus nos sens sont délicats, plus notre âme perçoit de sensations, que, sans eux, elle aurait la faculté, mais non pas l'occasion de percevoir. Ce n'est pas l'œil qui sentira les beautés poétiques de l'Apollon du Belvédère ; cependant, si vous placez, devant cette admirable statue, un homme aveugle, en lui supposant, au plus haut degré, la faculté de sentir vivement, il est évident que son âme ne recevra aucune émotion, toute disposée qu'elle y est. Cette comparaison doit expliquer ma pensée ; lorsqu'il s'agit des beautés de l'Eloquence, le jugement est l'œil de l'âme ; plus il est cultivé, sûr, exercé, plus il appelle l'attention de l'âme sur un grand nombre de beautés secrètes, qu'elle n'eût point aperçues sans lui. Ce sont les plus simples.

Ainsi le jugement n'éprouve pas l'impression, mais il indique à l'âme ce qui la doit produire. Il remarque en même-

temps , que cette impression, à laquelle il est étranger , a été
occasionnée par des morceaux d'une couleur, d'un ton , d'un
style bien différens ; mais en doit-on conclure qu'il y a plusieurs sortes d'Eloquence ? Chaque jour , nous entendons dire :
l'éloquence de la chaire, du barreau, de la tribune ; serait-ce
qu'elle n'est pas la même dans ces différens genres ? Ne nous
laissons point abuser par ces aberrations du langage. Elles signi-
fient seulement : la manière dont Bossuet , dont Cicéron , dont
Démosthène , sont arrivés à l'Eloquence , toujours une, toujours
invariable. Les langues elles-mêmes consacrent cette vérité ;
aucune d'elles ne donne de pluriel au mot Eloquence. Ainsi ,
il n'y a pas plusieurs courages , bien qu'il y ait plusieurs manières d'être courageux ; et de même qu'il ne faut pas comparer les courages , mais les traits de courage , de même il ne
faut pas comparer une Eloquence à une autre ; mais les caractères de l'Eloquence, et la proximité , plus ou moins grande,
qui rapproche deux auteurs de cette image idéale que vous vous
faites de l'Eloquence.

Ainsi , l'âme sent l'Eloquence, le jugement la montre à l'âme ,
et reconnaît , dans les causes de l'impression , des caractères
différens. Voici la raison de cette différence ; elle est en grande
partie dans ce mot de Buffon : le style est l'homme même. Il
est bien clair qu'il faut considérer ici l'homme dans ses facultés intellectuelles , et non dans ses facultés morales. Le style
n'est point la diction ; le style est le coloris , le nerf , la vie de
la diction , qui n'est qu'une monotone et froide symétrie, quand
rien ne l'anime. Ainsi un caractère tendre et sensible portera
cette tendresse et cette sensibilité dans son Eloquence ; une âme
forte et énergique y portera une certaine brusquerie , qui lui
donnera le charme de l'originalité ; et pourtant ces impressions,
produites par des caractères différens, seront toujours les mêmes,
comme un homme habillé de plusieurs manières est toujours

le même ; parce que, sous ces enveloppes sensibles, qui ne sont que l'extérieur de l'Eloquence , est cachée cette mystérieuse substance , que nous ne saisissons pas plus, que la matière à travers les modifications des corps matériels.

Voilà une des causes de cette variété de caractères ; en voici une autre : l'époque où l'on écrit influe, dans le même rapport, sur les signes extérieurs de l'Eloquence. Dans des époques de calme et de tranquillité , elle se présentera avec les caractères de la pompe et de la majesté ; séditieuse , inculte dans des époques orageuses ; vive, animée , figurée pendant les guerres. Si elle ose paraître dans des jours de servitude, elle se montrera alors avec une sombre douleur , une indignation concentrée. On sent que cette seconde cause rentre, jusqu'à un certain point, dans la première , en ce que les époques influent sur les caractères des hommes, comme les caractères sur l'Eloquence. Cependant ce sont deux causes différentes. L'Eloquence de Tacite respire la sensibilité la plus profonde. Voilà le caractère de Tacite , indépendamment de l'époque dont il parle. Elle respire ensuite cette douleur, cette indignation dont je parlais , et qu'il faut attribuer aux temps d'esclavage et d'ignominie dont il a retracé la peinture.

De cette variété de caractères sont nées ces subdivisions de l'Eloquence : Eloquence du cœur , Eloquence du raisonnement. Il ne faut pas les adopter ; elles nous porteraient à reconnaître d'autre Eloquence que celle du cœur , et par conséquent plusieurs Eloquences ; *pectus est quod disertos facit.*

Avant d'entrer dans l'examen des divers caractères , je dois rappeler que je parle ici de l'Eloquence en elle-même , indépendamment des hommes éloquens ; si je nomme Cicéron , Démosthène, Lysias, je n'ai nullement l'intention de les juger ; encore moins de les comparer. Si j'indique un caractère de leur Eloquence , je ne prétends point dire que ce soit le seul, ou même le principal ; quant à leurs défauts , leur habileté , il n'entre nullement dans mon plan d'agiter ces questions.

Lorsqu'on n'a pas réfléchi beaucoup sur la nature de l'Eloquence , on s'en fait , au premier abord , une idée fausse, que l'on confond volontiers avec celle qui est renfermée vulgairement dans le mot *sublime*. Ainsi , on la croit inséparable d'un caractère de grandeur et de majesté , et en général des hautes pensées , comme dans ce morceau si connu de Bossuet : « O nuit » désastreuse ! ô nuit effroyable, où retentit tout à coup, comme » un éclat de tonnerre , cette étonnante nouvelle : Madame se » meurt ! Madame est morte ! » C'est là sans doute un caractère de l'Eloquence ; peut-être même le caractère dominant dans les oraisons funèbres de Bossuet ; mais est-il le seul . est-il même le genre , dont les autres ne seraient , pour ainsi dire , que l'espèce ; c'est ce que je ne crois nullement.

Cicéron est l'un de ceux qui ont réuni le plus grand nombre des caractères de l'Eloquence. Elle a celui de la majesté dans le discours pour Marcellus ; de la véhémence dans les Philippiques; du pathétique dans une infinité de rencontres. Je suis loin de dire que ces caractères se trouvent partout dans Cicéron , et qu'il ne s'en trouve pas d'autres ; il me suffit qu'ils y soient.

L'admiration justement due aux grands modèles, et aux génies supérieurs , nous a souvent fait accueillir avec trop d'indifférence des productions moins remarquables , il est vrai , mais distinguées souvent par l'empreinte d'un grand talent. Lysias est peu connu, surtout en France, où son mérite n'est pas assez généralement apprécié. Qu'il me soit permis de citer ici un court extrait de l'une de ses harangues : on y remarquera un caractère peu commun à l'Eloquence ; et cette citation répondra d'ailleurs à ceux qui la regardent comme inséparable des hautes pensées.

Diodote , frère et gendre de Diogiton , est parti pour la guerre du Péloponnèse , en confiant à celui-ci la tutelle de ses enfans ,

et l'administration de sa grande fortune. Il a péri dans un combat, et le tuteur infidèle, après s'être approprié les biens de ses neveux, les renvoie dans un état voisin de la mendicité. Sa fille et ses parens le viennent trouver : « Quel cœur avez-vous
» donc, lui dit sa fille, de traiter ainsi mes enfans, vous, le frère
» de leur père, vous, mon père, vous, leur oncle, vous, leur aïeul !
» Si vous ne rougissez pas devant les hommes, vous devriez au
» moins craindre les Dieux. Vous avez reçu au départ de Dio-
» dote, un dépôt de cinq talents. Je l'affirmerai par serment, où
» vous voudrez, sur la tête de mes enfans, et de ceux dont je puis
» encore être mère. Ah ! je ne suis point assez misérable, assez
» avide d'argent, pour m'exposer à mourir chargée d'un parjure
» qui pèserait sur mes fils, et pour dépouiller injustement mon
» père. » Après quelques détails sur les biens laissés par Diodote,
sur la perfidie et l'inhumanité de Diogiton, qui a chassé les fils
de son frère, elle ajoute : « Et après de pareilles actions, vous
» ne craignez pas les Dieux, vous ne rougissez pas devant votre
» fille, qui lit dans votre conscience ; vous ne vous rappelez pas
» votre frère ; mais vous nous estimez tous beaucoup moins que
» l'argent. » Lysias termine cette narration par ce morceau où il
» n'y a pas moins d'Eloquence : « Les plaintes si touchantes de
» cette femme, sa voix, la conduite de Diogiton, la vue de ces
» enfans dépouillés avec tant de barbarie, le souvenir de leur
» père, qui les avait livrés à un pareil tuteur, la pensée qu'il est
» si difficile de trouver pour nos enfans un dépositaire digne de
» notre confiance ; tout, ô juges, avait fait sur les assistans une
» telle impression, qu'aucun de nous n'eut la force d'élever la
» voix. Mais, les yeux baignés de larmes, comme les tristes vic-
» times de Diogiton, nous nous retirâmes en silence. » (1)

____

(1) (Lysias contre Diogiton, 1ᵉʳ. vol., édit. Reiske, Leipsik, 1772, page 899 et suivantes.)

On

On ne voit, dans cet admirable passage, que je regrette d'avoir tellement affaibli, ni les grands mouvemens de l'Eloquence, ni les hautes pensées; c'est une scène de famille. On n'y remarquera pas même ces grands ressorts du pathétique, qui remuent si puissamment les âmes. Ici le caractère de l'Eloquence consiste dans une délicatesse et un sentiment exquis.

Un caractère que l'on ne serait pas tenté, au premier abord, d'accorder à l'Eloquence, c'est celui de la grâce; mais l'exclure de l'Eloquence, ce serait imposer à celle-ci des bornes qu'elles ne saurait avoir. On peut dire, en général, qu'il n'y a rien d'éloquent dans la grâce; cependant il peut y avoir quelque chose de gracieux dans l'Eloquence. Quel autre caractère remarquera-t-on, dans cette phrase de Bossuet ? « Madame cepen- » dant a passé du matin au soir, ainsi que l'herbe des champs; » Le matin elle fleurissait; avec quelles grâces, vous le savez; » le soir nous la vîmes séchée. » Et dans cette autre du même auteur : « Représentons - nous ce jeune prince que » les grâces semblaient elles-mêmes avoir formé de leurs » propres mains; pardonnez-moi cette expression; il me semble » que je vois encore tomber cette fleur. » Mais je ne puis citer un mot plus gracieux et plus éloquent à la fois, que celui de Périclès, dans l'éloge funèbre des Athéniens morts dans la guerre du Péloponnèse : « La guerre, qui a moissonné la jeunesse « d'Athènes, a ravi à l'année son printemps. » Il est fâcheux qu'Aristote, qui nous a conservé ce mot charmant, n'y ait vu autre chose qu'une métaphore spirituelle. (1)   (2).

---

(1) (Arist., Rhet. l. 3., C. 10. p. 811, ed. in-fol., Paris, 1654.)

(2) Je dirais bien *en quoi*, mais non pas *pourquoi* ces trois phrases de Bossuet et de Périclès sont éloquentes. Prenons pour exemple la première : « *Madame cepen-*

L'Eloquence doit au plus grand des orateurs, un caractère qu'il lui donna seul dans l'antiquité. C'est par la gravité que Démosthène est éloquent. Peut-être , si l'on n'avait pas lu ses ouvrages , comprendrait-on difficilement ma pensée. Cependant on peut concevoir qu'une série de raisonnemens solides , présentés avec la force et l'accent de la conviction , avec un style toujours animé , bien que toujours grave , constituent un des caractères de l'Eloquence. Isolez les phrases de Démosthène , peu d'entre elles seront éloquentes. Je sais que l'on pourra m'objecter quelque morceau fameux, tel que le passage si connu du discours pour la couronne : « Non, il n'est pas vrai, Athéniens, il n'est « pas vrai que vous ayez failli, en vous exposant pour le salut et » la liberté de la Grèce ! J'en atteste ceux de vos ancêtres , qui » vous frayèrent la route à Marathon, qui se rangèrent en bataille » devant Platée , qui livrèrent le combat naval de Salamine et

---

dant, etc. . . . . » J'avoue que , si on fait abstraction , en lisant cette phrase , et de la duchesse d'Orléans, et de Bossuet, 'on ne la trouvera point éloquente ; à peine la remarquerait-on dans une Idylle. Mais si l'on fait attention à cette jeune princesse, enlevée aux bénédictions du peuple , et aux espérances du royaume; si l'on pense que l'orateur chrétien est forcé lui-même de s'attendrir sur ces grâces si touchantes, et cette beauté, que la mort vient de flétrir; si l'on songe que cet orateur est un évêque, que cet évêque est Bossuet, il faudra bien convenir que l'austère prélat dut être singulièrement ému, pour faire entendre, jusque dans le sanctuaire, des regrets accordés à ces fragiles faveurs de la nature. Que si l'on comprend la nécessité de cette émotion dans l'âme de Bossuet, pourquoi ne la partagerions-nous pas ? ou, en d'autres termes, pourquoi cette phrase ne serait-elle pas éloquente? je ne me dissimule pas que je n'ai point mathématiquement démontré l'existence de l'Eloquence dans ce passage, et que je ne persuaderai point ceux qui refuseraient de l'y voir. Si l'on me demandait ensuite *pourquoi* toutes ces considérations, qui me font voir dans cette phrase l'Eloquence, lui impriment ce caractère, je serais forcé, ou de répondre que je l'ignore, ou d'avoir recours à cette pétition de principe de la comédie : *quia est in eâ virtus,* etc.

» celui d'Artémise. (1) » Mais ces exceptions peu nombreuses
confirment ce que j'avance ; et même, dans ces mouvemens
oratoires , on remarque toujours le caractère dominant de Démosthène , la gravité. Ainsi les phrases de ce grand orateur ,
peu éloquentes , si on les isole , le sont par leur réunion. Cette
succession non-interrompue de raisonnemens , qui ne représen-
tent jamais la même idée, dont l'un fortifie l'autre dans une
progression toujours croissante, opère sur l'esprit beaucoup plus
que la conviction ; et le style, qui est toujours en harmonie
avec les idées , achève d'élever les productions de Démosthène
à un degré de hauteur, où peu de rivaux l'ont suivi. Tel est
même le caractère de son éloquence , qu'elle me semble plus
difficile à bien sentir que celle de Cicéron.

Mon intention n'est pas de citer tous les caractères de l'Eloquence , ni même d'indiquer ici tous ceux que je pourrais
citer. Le nombre en est infini ; rarement il arrive que les mêmes
se trouvent absolument pareils dans deux hommes éloquens.
Ainsi je viens de montrer que l'Eloquence se prête à tous les
tons , grande et sublime dans Bossuet ; tendre et insinuante
dans Massillon ; véhémente et pathétique dans Cicéron; grave dans
Démosthène et Pascal ; susceptible d'une infinité d'autres caractères. Je n'ai encore parlé que des orateurs : mais il faut conclure de ce qui précède, que tous les genres de composition,
qui peuvent admettre l'un de ces caractères, sont du domaine
de l'Eloquence ; ici s'ouvre un nouveau champ.

La Grèce parla peu de l'Eloquence, beaucoup de la rhétorique.
Rome parla aussi de la première ; mais l'une et l'autre nation,
par la forme même de son gouvernement , voyait chaque jour
son attention appelée sur les productions de ses orateurs. Celle-

---

(1) *Demost. pro coron. tom.* 1ᵉʳ. *pag.* 317 *, édit. Schœf. Lipsiæ* 1812.

là ne soupçonnait pas qu'elle avait des modèles d'Eloquence hors de la tribune; celle-ci l'eût inutilement soupçonné; car avant le siècle d'Auguste, elle n'eût pas trouvé d'hommes éloquens hors de cette enceinte, toute pleine du souvenir des Gracques de M. Antonius, de Crassus, d'Hortensius et de Cicéron.

Cette opinion des anciens égara aussi les modernes, qui virent dans les théories de l'antiquité les règles de l'Eloquence, comme ils en avaient vu les chefs-d'œuvres dans les grands orateurs.

Ils convinrent cependant, que l'Eloquence peut étendre son domaine plus loin que l'antiquité ne l'avait étendu; mais cette opinion qui, ainsi que je l'ai dit, faisait faire un pas à la critique, induisit quelques modernes dans une autre erreur. Ils persistèrent à voir la grande, la véritable Eloquence, dans les harangues; mais forcés par l'évidence qui la leur montrait ailleurs, ils reconnurent d'autres espèces d'Eloquence. Ainsi Marmontel admit une Eloquence poétique; mais aussi éprouve-t-il une singulière difficulté quand il faut déterminer les différences de l'une et de l'autre. Alors le jugement paraît l'abandonner; il affirme au hasard que l'Eloquence poétique est *l'élixir* de l'Eloquence oratoire; que la poésie n'est que l'Eloquence dans toute sa force et avec tous ses charmes. Examinons, en peu de mots, cette question, et considérons l'union de l'Eloquence et de la poésie.

Les Grecs, qui produisirent les plus grands poëtes du monde, se firent une haute idée de la poésie ; ils la jugèrent en la nommant. Ce nom de ποίησις qui signifie l'œuvre, l'art par excellence, éleva sur le champ la poésie à une incroyable hauteur. De ces sommets, où elle fut placée, elle domina toutes les productions du génie humain, littérature, musique, sculpture. Phidias et Homère puisèrent aux mêmes sources cette grandeur idéale qu'ils donnèrent à leur Jupiter. C'est la poésie, dans sa

plus haute acception , qui remuait la grande ame d'Alexandre,
par les accords harmonieux d'Antigénidas , aussi bien que par
les chants d'Homère.

Si les Grecs se sont fait une juste idée de la poésie , ou plutôt , si j'ai bien compris celle qu'ils s'en faisaient , il faut convenir alors que Marmontel a singulièrement rabaissé le plus beau
présent que la divinité puisse faire à l'esprit humain. « La poésie,
» dit-il , n'est que l'Eloquence dans toute sa force. » Cela est
inexact ; la poésie est bien supérieure à l'Eloquence, elle peut
quelquefois l'animer , quoiqu'elle le doive rarement. Elle emprunte quelquefois son langage , mais elle ne l'emprunte jamais
sans descendre.

Cette confusion de la poésie et de l'Eloquence , vient de ce
que la première n'a pas toujours trouvé des interprètes sem-
blables aux Musée , aux Orphée , aux Homère. Leurs succes-
seurs, en imitant le rhythme et la cadence , crurent avoir conservé aussi le dépôt de la poésie ; mais la versification n'est pas
plus la poésie , que la rhétorique n'est l'Eloquence ; et d'un
autre côté la poésie n'est pas plus l'Eloquence qu'elle n'est la
versification (1).

Cependant, bien que l'Eloquence ne puisse jamais se rencontrer dans la poésie , qui cesserait alors d'être poésie , elle se

---

(1) J'indiquerai à ceux qui veulent se faire une idée juste et précise de ce
qu'est le génie poétique , l'excellent ouvrage couronné en 1821 par l'académie
française , et qui a pour titre : « *Déterminer ce qui constitue le génie poé-*
« *tique , et comment il se fait reconnaître , indépendamment de la diver-*
« *sité des langues et des formes de la versification , et dans tous les divers*
« *genres , depuis l'Epopée jusqu'à l'Apologue* ». L'auteur , M. Théry , a su
joindre à l'avantage d'une critique judicieuse, et d'un goût toujours sûr , tous
les agrémens du style et de la diction. Je saisis avec joie cette occasion de donner
à mon meilleur ami ce témoignage public de mon estime et de mon amitié.

peut facilement rencontrer dans les poëtes ; et elle s'y rencontrera plus souvent, à mesure que les siècles, en s'éloignant de celui d'Homère, conserveront plus imparfaitement l'empreinte du génie poétique. En effet, dans les poëtes, je veux parler des véritables, et spécialement des poëtes épiques et des tragiques ; il y a trois choses à considérer, 1°. la Poésie ; 2°. l'Eloquence ; 3°. le Langage de la simple raison paré de tous les charmes de la versification. De courts exemples éclairciront ma pensé.

Dans l'Hippolyte d'Euripide, Phèdre, comme dans la tragédie de Racine, tourmentée par une malheureuse passion, n'ose l'avouer à sa nourrice. Elle ne répond aux consolations de celle-ci que par ces mouvemens d'un admirable enthousiasme : « Envoyez-moi aux » montagnes ; je vais m'enfoncer dans les forêts, sous l'ombrage » des chênes ; au nom des Dieux, laissez-moi poursuivre la » biche légère. J'exciterai par mes cris une meute avide de » sang ; ma main balancera auprès de ma blonde chevelure la » flèche Thessalienne (1).

A ce langage, qui ne reconnaîtrait la poésie ? Voyons maintenant l'Eloquence dans les poëtes. — Xerxès vaincu à Salamine, est revenu dans ses états. Il paraît seul, sur la scène, avec un carquois vide. Le Chœur s'écrie : « O roi, notre armée floris- » sante, l'antique gloire de la Perse, ces guerriers, l'honneur » de la patrie, le destin a donc tout moissonné. Cette terre » demande en pleurant les enfans qu'elle avait nourris ; Xerxès ! » tu en as couvert les sombres bords ! Que de héros, la fleur » de l'Asie, que d'habiles archers, que de guerriers ont péri ! » — Xerxès. — Dieux ! quelles forces ! — Le Chœur. — Roi ! La » terre d'Asie, malheureuse, inconsolable, est maintenant abat-

---

(1) (Eurip., Hipp., v. 215, pag. 30, édit. Walckenaer, Leyde 1768).

» tuc. -- XERXÈS. — Dieux ! que ma naissance coûte cher à ma
» famille, à ma patrie entière ! Quel fléau ! -- LE CHŒUR. -- Ah !
» je veux annoncer ton retour, par les chants de détresse, de
» désolation ! Tu entendras les lugubres accens de Maryande....
» Qu'as-tu fait de tes fidèles amis ? Où sont tes Satrapes ? --
» XERXÈS. -- Tombés de leurs vaisseaux, je les ai laissés sur les
» rivages sanglans de Salamine. -- LE CHŒUR. -- O ciel ! et
» Pharnace, et le brave Ariomède, etc., et Sysicane, qu'Ecba-
» tane a pleuré ? -- XERXÈS. --Ils ont vu l'antique, l'odieuse
» Athènes, et tous, palpitans, déchirés, sont étendus sur ses
» bords. -- LE CHŒUR. -- Et l'œil de la Perse, le fils de Batano-
» que, Parthus, le grand Arbarès, où sont-ils ? où sont-ils ?
» -- XERXÈS. O Grecs ! (1) »

Cette belle scène, que j'abrège à regret, porte le caractère
non pas de la poésie, mais de l'éloquence, surtout dans cette
dernière réponse de Xerxès : ô Grecs ! Quant au troisième langage des poëtes, le langage de la raison, c'est celui qui se ren-
contre chez eux le plus fréquemment.

Ainsi donc l'Eloquence entre souvent dans le domaine de la
poésie ; mais il ne faudrait pas croire qu'elle ne puisse se trouver que dans des compositions graves et sérieuses, comme la
tragédie ou l'épopée. Lafontaine l'introduisit dans l'apologue.
Molière, dans la comédie ; on ne peut en effet l'y méconnaître
dans un grand nombre de tirades du rôle d'Alceste, et dans
quelques passages de celui de Cléante (1).

Perse, Juvénal et Gilbert ont porté l'Eloquence dans la satire ; les deux premiers lui firent parler le langage d'une vertueuse indignation ; Gilbert, celui d'une sanglante ironie. Ce der-

---

(1) (Eschyle, Perses, v. 919, etc., pag. 150, édit. Schæf. Leipsik 1812).
(2) Tartuffe, act. 1er., Sc. VI.

nier prouva que l'ironie est souvent éloquente; Corneille l'avait
fait voir avant lui dans le rôle tout entier de Nicomède. Ici se
présente naturellement une réflexion : l'éloquence appartient si
peu au jugement et au goût, qu'elle ne les suppose pas rigoureu-
sement. Ainsi, des tirades fort éloquentes se peuvent trouver
dans des tragédies composées sans jugement , écrites sans goût ;
dans une pièce de Pradon, Andromaque répond à Ulysse :

> Mon cher Astyanax est au nombre des morts ;
> J'en atteste ces dieux, qui peuvent le connaître,
> Il n'est plus en état de recevoir un maître ;
> Et le cruel destin me ravit aujourd'hui ,
> La funeste douceur de craindre encor pour lui.

C'est ainsi qu'on trouve une infinité d'endroits éloquens dans
Hamlet , dans Macbeth, où Shakespear choque très-souvent le
jugement et le goût. Cependant, ce grand génie fut réellement
éloquent ; peut-être ne lui manqua-t-il , pour s'égaler aux premiers tragiques, que de naître un siècle plus tard.

Je pense donc que l'on peut être éloquent , et manquer quelquefois de jugement , souvent de goût. J'irai plus loin ; je crois
que des traits éloquens dans un ouvrage , ne supposent pas
toujours l'Eloquence dans l'auteur. Ainsi , j'ai remarqué dans
Juvénal des morceaux réellement éloquens , et cependant je ne
puis m'empêcher de regarder Juvénal comme un déclamateur
élevé dans les cris de l'école ; il avait dans son talent , ce genre
d'élévation qui tient à l'imagination plus qu'à l'âme. Inspiré
par l'indignation , comme il le dit lui-même , il a quelquefois
imité avec assez de bonheur le langage de la vraie éloquence.
Mais on aperçoit que la déclamation et l'enflure sont les caractères prédominans de son style ; il est éloquent par intervalle, lorsqu'il ne peut parvenir à être aussi guindé qu'il le désirerait;
semblable à ces hommes qui affichent la prétention de lire
dans l'avenir , et que le hasard favorise par fois en justifiant

quelques-

quelques-unes de leurs prédictions , au milieu de leurs innombrables erreurs.

Il est donc difficile d'imaginer une seule composition littéraire, inaccessible à l'Eloquence; une réflexion éloquente peut se trouver dans tous les ouvrages. Montesquieu excelle à les amener , sans les avoir fait prévoir ; quelquefois même il les dérobe sous un tel caractère de simplicité , qu'une lecture inattentive ne les apercevrait pas : « Alexandre mourut, dit-il, quelque part, » et toutes les nations furent sans maître. » Quelle idée nous donne-t-il de la puissance de ce conquérant !

Enfin, le domaine de l'éloquence est si vaste , qu'elle peut se trouver dans le silence même. Ne dit-on pas chaque jour un silence éloquent ? C'est celui des grandes douleurs, et des émotions trop fortes pour trouver dans le langage un digne interprète. Mais ce silence parle, si j'ose m'exprimer ainsi, et nous donne une haute idée de ce qu'il nous tait , par l'impuissance même de l'expression. Ainsi, ce peintre ancien , après avoir représenté tous les caractères de la douleur sur la figure des Grecs , témoins du sacrifice d'Iphigénie , voila le visage d'Agamemnon.

Je crois avoir prouvé que les discours, prononcés par un orateur, ne sont pas l'unique champ de l'Eloquence ; qu'elle pouvait s'introduire dans l'épopée, la tragédie , la satire, la comédie , etc., et qu'il n'y avait même aucune composition littéraire qui lui fût inaccessible.

Si l'on me demande laquelle de ces différentes compositions ouvre à l'Eloquence la plus vaste carrière , je répondrai qu'un long examen de cette question m'a convaincu que c'est l'histoire. Il est bien clair que ma conviction n'a pas été opérée par la supériorité que j'aurai cru reconnaître dans tel historien , sur tel orateur. Me serait-il prouvé que, jusqu'ici , tous les historiens du monde sont inférieurs au moindre de tous les orateurs; je n'en regarderais pas moins l'histoire comme la plus

belle carrière ouverte à l'Eloquence. En effet, il y a plusieurs
hommes à considérer dans l'auteur d'un discours ; le rhéteur
et l'orateur. Au premier appartiennent la disposition, l'arran-
gement des preuves, l'emploi des précautions oratoires, et
de beaucoup d'autres moyens, qui peuvent faire briller singulièrement le talent, mais non pas l'Eloquence. Voilà pour
le genre judiciaire, où le rhéteur a, ce me semble, un plus
beau champ que l'orateur. Ainsi je conviens avec tout le monde
que la Milonienne est un chef-d'œuvre ; mais, si l'on excepte
l'exorde et la péroraison, je ne verrai dans ce beau plaidoyer
que l'ouvrage d'un avocat extrêmement habile. Le genre dé-
monstratif ne contient que l'éloge, ou le blâme d'une seule
personne. Il est par sa nature même, susceptible d'un médiocre
intérêt. Le genre délibératif place l'orateur dans une sphère
bien plus élevée ; c'est là qu'il faut agir sur les âmes. Alors
se manifeste plus que jamais le pouvoir de l'Eloquence. Toutes
les résistances sont vaincues ; un peuple entier soumet ses vo-
lontés à la volonté d'un seul. Mais d'abord, il ne faut pas
juger l'Eloquence par son résultat. En second lieu, pourquoi
un auditoire tout entier proclame-t-il, par l'unanimité de ses suffra-
ges, le triomphe de l'Eloquence délibérative ? C'est qu'il a été vivement ému. Ainsi en dernière analyse, le succès de l'Eloquence
dans cette occasion, est le même que partout ailleurs. Réflé-
chissons ensuite, que dans cette victoire de l'orateur, il faut
assigner une part, et une très-grande part, au geste, à la pro-
nonciation, en un mot à l'action, qui n'est pas l'Eloquence, et
que Démosthène lui-même regardait comme l'élément de
réussite le plus infaillible pour l'orateur.

Considérons maintenant les avantages de l'historien ; il n'est
pas resserré, comme l'orateur, dans d'étroites limites ; la variété
des sujets, des temps, des personnages qu'il passe en revue,
écarte de son ouvrage l'espèce de monotonie, qui semble, dans

le premier, attaché au retour trop uniforme des mêmes scènes
et des mêmes idées. L'historien n'a-t-il pas aussi à sa disposition
toutes les ressources du pathétique, le langage adressé à toutes
les passions qui agitent le cœur de l'homme? N'a-t-il pas la plupart
du temps, l'avantage d'appeler notre pitié sur des infortunes
plus grandes, et sur des objets plus intéressans ? Sans doute on
partage vivement les craintes de Milon, que son éloquent défenseur sait environner d'un si touchant intérêt ; mais si l'historien me fait assister aux derniers momens de Lucrèce ; s'il
me montre cette vertueuse épouse, fondant en larmes à la
vue de ses amis, de ses vengeurs; s'il me fait entendre les
adieux déchirans de cette malheureuse ; si, après cette scène de
désolation, il nous fait voir dans la main de Brutus, le poignard
sanglant qui punira l'adultère; notre âme, indépendamment
du talent des deux auteurs, n'est - elle pas disposée à une
plus vive compassion ? où est alors la supériorité de l'orateur ?
et que l'on songe encore, que ces tableaux, l'orateur ne les
peut offrir qu'une seule fois, l'historien les peut souvent reproduire. Plus tard, Tite-Live nous attendrira sur la destinée,
plus déplorable encore de Virginie ; alors il empruntera de
nouvelles couleurs; mais il s'adressera toujours à notre âme ;
il la fera passer, avec un incroyable talent, de l'indignation à
l'espoir, puis à la crainte, à la douleur; enfin il adoucira
l'impression lugubre de cette terrible scène, en reposant notre
esprit sur le spectacle d'une punition égale au forfait, et en
nous faisant voir les mânes de cette jeune fille, plus heureuse
après sa mort que pendant sa vie, qui parcourent long-temps
toute la ville de Rome, pour se rassasier d'une juste vengeance,
et qui, ne trouvant plus de coupable à frapper, rentrent enfin
dans le repos de la tombe.

L'histoire, conçue comme les anciens la concevaient, et comme
elle me semble devoir l'être, offrait à l'Eloquence un théâtre où

elle se développait avec un grand avantage. Aussi Tacite , cet
excellent juge , a-t-il dit, en parlant de son seul rival dans cette
carrière : *Titus-Livius , eloquentiæ ac fidei præclarus in primis.* (1)
Aujourd'hui l'histoire est devenue une dissertation philosophique ,
surtout en France.

J'ai examiné les différentes définitions de l'Eloquence , et j'ai
cru devoir rejeter toutes celles qui me sont connues. J'ai essayé
de prouver *à priori*, que l'Eloquence ne peut pas être définie ;
qu'on ne la reconnaît que par ses caractères aperçus par le jugement, sans que le jugement puisse saisir l'Eloquence elle-même:
que , s'il ne la peut saisir , il n'en peut donner une définition ;
parce que toute définition n'est que la ressemblance indiquée
entre deux termes d'une comparaison ; et que l'un des deux
termes étant inconnu , ne peut être comparé à rien ; cependant
je pense avec Cicéron, que l'on peut se faire une idée de l'Eloquence. Cette proposition peut paraître au premier coup-d'œil
impliquer contradiction. Mais on se fait une idée de l'existence ,
sans la pouvoir définir. Je me bornerai à présenter ici la pensée
qu'il développe au commencement de l'*Orator*.

La réalité ne nous offre rien de si beau , que notre esprit ne
puisse imaginer quelque beauté plus grande encore. Cette beauté
idéale n'est saisie par aucun sens. L'imagination la voit seule.
Ainsi, quand Phidias faisait la statue de Minerve , il avait en lui
l'image tout intellectuelle d'une merveilleuse beauté , dont il
cherchait à reproduire les traits. De même notre âme voit bien
le type idéal de l'Eloquence ; mais comme les sens n'ont aucune part dans l'intuition de l'âme, nous ne pouvons matéria-
liser cette conception.

Il est évident que , d'après l'idée que je me suis faite de l'Eloquence , je ne puis croire avec les anciens , qu'il soit possible
de lui assigner une origine. Cicéron, dans l'un des ouvrages de

---

(1) (Ann. IV, 34.)

sa jeunesse , pense qu'à l'époque où les hommes, errant dans les campagnes, n'avaient d'autre loi que la force , un mortel d'une sagesse et d'une vertu supérieures , rassembla dans un même lieu les autres hommes cachés au fond des forêts , et leur inspira tous les goûts honnêtes et utiles. Ils voulurent bientôt rejeter un joug dont la nouveauté les révoltait ; mais pourtant , sensibles au langage de l'Eloquence et de la sagesse , ils devinrent humains et civilisés , de féroces et de barbares qu'ils étaient auparavant. — En admettant cette hypothèse fausse , et qui n'est évidemment qu'une amplification de rhétorique , on aurait tout au plus signalé la première apparition, mais non pas l'origine de l'Eloquence. L'Eloquence n'a pas d'origine , parce qu'elle n'est point un art ; ou, si elle en a une , c'est la même que celle de l'âme. Il y a loin, comme on voit, du disciple de Molon , à l'auteur de l'*Orator* , du *Brutus* , et du *de Oratore*.

Puisque l'Eloquence n'a pas d'origine , elle n'est pas susceptible de perfectionnement. Mais , dira-t-on , Démosthène n'est devenu éloquent que par un travail assidu. Ceci est inexact. Démosthène apporta en naissant le germe de sa haute Eloquence , dont l'origine ne fut pas dans le travail ; mais tant que sa raison et les facultés de son esprit n'eurent pas acquis cet heureux développement qu'elles durent à l'étude, ce germe demeura inutile en lui , comme il le serait dans un homme à qui un accident subit ravirait l'usage de la raison. L'Eloquence ne se développe pas , mais bien le jugement et les connaissances , qui concourant à placer sous un plus beau jour ce don précieux de la nature , font croire à tort que l'Eloquence s'est perfectionnée. A mesure que les connaissances et l'érudition d'un homme naturellement éloquent viennent à s'augmenter , son Eloquence, sans s'augmenter elle-même , trouve cependant plus de matériaux , et un champ plus vaste ouvert devant elle ; dans le cas contraire, ce serait un feu qui , faute d'alimens, jetterait peu d'éclat.

Ainsi , l'Eloquence n'a besoin ni du travail , ni même de la civilisation et de la société pour exister ; on connaît l'éloquente réponse de ce sauvage : dirons-nous aux ossemens de nos pères : Levez-vous et suivez-nous aux terres étrangères ? mais elle doit au travail ses développemens, à la civilisation, l'avantage d'être reconnue et appréciée.

De l'impossibilité de la définir il me semble que l'on est en droit de conclure qu'il n'existe pas de langue qui lui soit plus favorable qu'une autre. En effet, si on saisissait dans l'Eloquence un caractère unique, la concision, par exemple, il est clair que les langues les plus concises seraient les plus propres. Mais l'Eloquence se fait remarquer par une telle variété de tons et de couleurs, que tel idiome plus favorable pour tel caractère, sera moins heureux pour un autre. Il me semble d'ailleurs que toutes les langues, de même qu'elles peuvent exprimer toutes les idées par les signes, peuvent aussi exprimer toutes les affections par le mouvement. La langue française est regardée généralement comme moins concise que le latin ; cependant, Bossuet et Montesquieu lui ont quelquefois donné un caractère de concision, que l'antiquité n'a pas surpassé. Les langues, à mon avis, sont ce qu'on les fait ; quand je lis d'un côté Sophocle, et de l'autre, Pradon, je suis tenté d'envier à la langue grecque la fécondité et la richesse de ses expressions, l'harmonie de ses périodes, le bonheur de ses inversions ; mais, quand j'ouvre Racine, je me console d'être Français, et je ne vois plus l'infériorité de notre langue.

J'ai atteint le terme que je m'étais proposé ; ici, une dernière réflexion se présente à mon esprit : les avantages de l'éloquence surpassent-ils ses inconvéniens ? Est-ce à tort que le grave Lycurgue la proscrivait dans sa république de forte et glorieuse mémoire ? ou bien faut-il absoudre ce présent du ciel, auquel l'intelligence humaine doit ses plus beaux triomphes et ses plus nobles jouissances ? Il me semble que si, faisant abstraction de mes plaisirs personnels, je n'examine que le bien de l'humanité , l'Eloquence a été plus funeste qu'utile. C'est un voile jeté devant nos yeux pour nous dérober la vérité ; c'est un appel adressé aux passions qui ne jugent point. On me rappellera, et je n'ai pas oublié moi-même, tout le bien qu'a fait l'Eloquence ; tant de sages résolutions qu'elle inspira ; le succès avec lequel souvent elle défendit la patrie. Mais alors pourquoi le langage de la simple raison n'eût-il pas eu le même résultat ? C'est que l'esprit humain , plus avide d'impressions fortes que d'impressions honnêtes , habitué antérieurement, par le prestige si décevant de l'Eloquence , à placer son jugement dans ses passions , était devenu incapable de comprendre le langage austère de la sagesse. N'est-ce point un malheur que la raison ne puisse triompher qu'en se déguisant? Un succès , dont les élémens sont étrangers à la justice de la cause , est affligeant , en ce qu'il nous montre que l'Eloquence, défendant le parti contraire , eût obtenu la même victoire. Mais , en outre, à ce tableau séduisant des bienfaits de l'Eloquence , ne peut-on pas opposer le tableau tout aussi réel des désastres qu'elle entraîna ? C'est sans doute un beau spectacle que celui de Démosthène qui , seul , arrête long-temps les progrès d'un ambitieux ennemi , et retient la république sur le penchant de sa ruine. Mais les efforts même de ce grand homme ne rappellent que plus douloureusement le déplorable triomphe de ses rivaux , vendus à Philippe. Il est donc vrai qu'Athènes a péri par ses orateurs !

La liberté chancela dans Rome , du moment qu'une éloquence turbulente introduisit les armes dans la place publique. Ainsi, les gouvernemens furent agités par ce qui les devait conserver. Mais l'Eloquence fut-elle au moins une sauve-garde pour ceux qui la cultivèrent? Semblable à cette divinité de la fable qui dévorait ses enfans, elle conduisit à la mort la plupart de ceux qu'elle inspira. Que Démade , Hypéride aient payé de leur vie la trahison qui les attachait au parti de Philippe, l'impartiale histoire ne les saurait plaindre. Les Gracques eux - mêmes, qui , avec des intentions plus pures , périrent victimes de leur éloquence , amenèrent cependant la licence dans la tribune. Mais Démosthène , ce courageux défenseur du parti le plus juste , se donna la mort à Calaurie , devant la statue de Neptune. Cicéron dut sa perte aux plus belles productions de son génie. A une époque où de nouveaux meurtres ensanglantaient chaque jour le Forum, où la pointe des épées menaçait incessamment la poitrine des orateurs ; ce grand homme, trop confiant dans le pouvoir de l'Eloquence, ne crut pas devoir imposer à la sienne un silence , nécessaire sans doute ; et se flatta vainement de repousser d'une main les poignards d'Antoine et de Lépide , et de l'autre , d'arrêter ce jeune Octave , qui croissait pour la servitude publique. L'Eloquence n'a donc protégé ni les orateurs , ni les gouvernemens. La patrie des Périclès , des Lycurgue , des Eschine , des Hypéride , des Démosthène , et de tant d'autres orateurs , dut sa ruine à leur Eloquence, qui fit aussi la plus belle portion de sa gloire. Athènes est morte avec eux, morte tout entière ! Déjà même il ne nous reste plus que le souvenir de cette ville célèbre ; des barbares en ont anéanti les vestiges , qu'avaient respectés Alaric et Mahomet II ; leurs mains sacrilèges ont dispersé les vénérables restes des Propylées , du Parthénon , et les derniers débris du temple de la Victoire.

Cette Thèse sera soutenue et développée , le 13 août 1822 , dans une des Salles de l'Université , par LÉONOR-PIERRE GIBON , Licencié-ès-Lettres , professeur agrégé de Rhétorique au Collége royal de Caen.

Vu par nous Doyen de la Faculté des Lettres ,

DE LA RUE.

Vu par nous Recteur de l'Académie de Caen ,

H. MARC.

CAEN , DE L'IMPRIMERIE DE F. POISSON , RUE FROIDE. 1822.